ANTÍGONA

Copyright © Editora Paz e Terra, 1996

Direitos de edição da obra em língua portuguesa no Brasil adquiridos pela EDITORA PAZ E TERRA. Todos os direitos reservados. Nenhuma parte desta obra pode ser apropriada e estocada em sistema de bancos de dados ou processo similar, em qualquer forma ou meio, seja eletrônico, de fotocópia, gravação etc., sem a permissão do detentor do copyright.

Editora Paz e Terra Ltda.
Rua Argentina 171 – Rio de Janeiro, RJ – 20921-380 – Tel.: 2585-2000
http://www.record.com.br

Seja um leitor preferencial Record.
Cadastre-se e receba informações sobre nossos lançamentos e nossas promoções.

Atendimento e venda direta ao leitor:
sac@record.com.br

Texto revisado segundo o novo Acordo Ortográfico da Língua Portuguesa.

CIP-BRASIL. CATALOGAÇÃO NA FONTE
SINDICATO NACIONAL DOS EDITORES DE LIVROS, RJ

S664a

Sófloces
Antígona / Sófloces ; tradução Millôr Fernandes. – [12. ed]. – Rio de Janeiro : Paz e Terra, 2023.

112 p. : il. ; 18 cm.

ISBN 978-65-5548-023-8

1. Teatro grego (Tragédia). I. Fernandes, Millôr. II. Título.

CDD: 882
CDU: 82-21

21-71508

Leandra Felix da Cruz Candido - Bibliotecária – CRB-7/6135

Impresso no Brasil
2023

SÓFOCLES

ANTÍGONA

TRADUÇÃO DE
MILLÔR FERNANDES

12ª edição

PAZ & TERRA
Rio de Janeiro
2023

PREFÁCIO

A PERMANÊNCIA DE ANTÍGONA

Adriane da Silva Duarte[1]

A tragédia nasce na Grécia como expressão da cidade democrática, ávida por passar em revista as velhas histórias narradas pelos poetas épicos ou transmitidas pelos mitos. O drama, além de trazer para diante dos olhos as personagens em ação, é polifônico, garantindo a cada uma delas a manifestação de pensamentos, diversos e por vezes inconciliáveis. No centro da trama está a personagem coletiva do coro, que evoca a presença do cidadão e promove o vínculo entre espectadores e personagens, deuses e homens — sim, porque o teatro, para os gregos, é parte dos festivais religiosos.

---

1. Professora de Língua e Literatura Grega na Universidade de São Paulo, pesquisadora do CNPq e coordenadora do Grupo de Pesquisa Estudos sobre o Teatro Antigo

Antígona trata de vários temas sensíveis: a polarização destrutiva que mergulha a cidade em guerra civil, o exercício do poder absoluto, a necessidade de respeitar os mortos. A tragédia tem início com a proclamação de uma lei que proíbe aos tebanos prestar honras fúnebres a Polinices — um dos filhos de Édipo —, morto em combate contra Tebas. Sua morte foi o ponto final da disputa fratricida entre ele e Etéocles, que levaram às últimas consequências seu desentendimento sobre como dividir o trono. Creonte, tio dos jovens, assume o poder disposto a se impor. Não admite ser contrariado e exige dos cidadãos total obediência. Antígona não concebe deixar o irmão insepulto e, a custo da própria vida, desobedece ao decreto. Como resultado, é presa e condenada à morte, e Creonte, à vida, já que sobrevive para suportar o peso terrível de seus atos.

Em cena, Sófocles contrapõe Antígona e Creonte, cada qual defendendo aguerridamente sua visão de mundo. Ele, a primazia do governo dos homens e da cidade; ela, a lei ancestral dos deuses e a devoção à família. Seriam, de fato, posições inconciliáveis? Com quem está a razão? O coro, a princípio, apoia

Creonte, mas termina por concordar com Antígona, sem deixar de apontar excessos evitáveis nos dois. Esse embate, assim como o desentendimento entre os irmãos Polinices e Etéocles — do qual deriva —, termina mal para ambos os contentores, elevando a tensão trágica ao ápice.

Desde que foi composta, há quase 2.500 anos, *Antígona* sempre esteve em evidência, mas há cerca de cem anos tornou-se onipresente nos teatros e nas livrarias mundo afora. A tragédia de Sófocles sobre a filha obstinada de Édipo ganha relevância sempre que, assombrados pelos mortos, precisamos resistir. Foi assim durante a Guerra Civil Espanhola e a Segunda Guerra Mundial; é assim quando a pandemia de Covid-19 ceifa vidas aos milhares, impondo restrições às cerimônias fúnebres. Não que nos entreatos *Antígona* se torne irrelevante, mas nesses momentos agudos ela se faz necessária, para nos lembrar que é preciso respeitar os mortos.

Durante a vigência das ditaduras que assolaram o continente americano na segunda metade do século XX, ela também esteve presente, inspirando a resistência a arroubos autoritários. A tradução de Millôr Fernandes se insere nesse contexto e foi feita por encomenda para a montagem que José Renato realizou em São Paulo, em 1969 — com Eva Wilma e Leonardo Villar nos papéis principais —, chamada *Ato sem perdão*. A essa altura, Millôr já era um tradutor experiente e requisitado de teatro; dois anos antes havia vertido outro texto grego, a comédia *Lisístrata*, de Aristófanes, a pedido de Ruth Escobar, que atuou como protagonista. Entre as duas montagens foi promulgado o AI-5, cuja consequência foi o endurecimento da ditadura e o incremento da censura às artes e aos espetáculos.

É contra esse cenário que se explicam essa e outras encenações de *Antígona* que a sucederam no mesmo período, já que a heroína de Sófocles está talhada para simbolizar a revolta contra a opressão. E, por se tratar de um clássico da Grécia Antiga, tinha ainda a vantagem de escapar ao radar dos censores. Os artistas, no entanto, não deixavam que passassem despercebidas ao público as relações entre a história de Antígona e o presente histórico. Millôr empresta a Creonte traços tirânicos mais fortes do que o rei ostenta em Sófocles, acentuando seu caráter despótico. Da mesma forma, apresenta Polinices como um rebelde, morto em revolta contra o governo tebano, e Antígona como subversiva. Diz ela: "O povo fala. Por mais que os tiranos apreciem um povo mudo, o povo fala. Aos sussurros, a medo, na semiescuridão, mas fala" (p. 49).

Millôr Fernandes traduz para a cena, mas se suas traduções chegam aos livros e continuam a ser reeditadas é graças à qualidade de seu texto. Um redator anônimo de *O Estado de S. Paulo*, quando da estreia de *Ato sem perdão*, ressaltou que Millôr emprestou à obra de Sófocles "uma linguagem viva e atual, sem prejuízo às demais características da tragédia" (28/08/1969, p. 14). Esse frescor permanece mesmo passados cinquenta anos, como prova o sucesso da montagem recente de Amir Haddad e Andrea Beltrão, em 2017, que parte do mesmo texto.

Em um depoimento para *O Pasquim*, em 1969, Millôr tratou a tradução como "uma adaptação de *Antígona* [...], toda sobre o original de Sófocles (talvez [com] uma ou outra ressonância de Brecht

e, meu Deus, não tem nada a ver com Anouilh)".
Adaptação porque não pretendia verter literalmente a tragédia de Sófocles, mas, sim, sem descaracterizá--la, enfatizar o que lhe parecia mais notável. Também é clara a intenção de fazer a obra mais acessível aos espectadores contemporâneos, adotando uma linguagem clara e, sempre que possível, explicitando os meandros da trama, características de que o leitor também se beneficia, na presença de rubricas explicativas, por exemplo. Manteve-se, assim, fiel ao princípio que ele próprio enunciara: "ao traduzir, é preciso ter todo rigor e nenhum respeito pelo original" (*Revista Língua portuguesa*, n. 1, 2005).

Para o palco, Millôr Fernandes dotou a tragédia de Sófocles de um prólogo que, além de localizar o espectador, apresentando um resumo da trama, o convida a apreciar essa velha história com olhos novos e sob o signo da luta e da esperança. Nada mais apropriado do que terminar esta breve apresentação com o segmento final desse prólogo:

Ainda não acreditamos que no final
O bem sempre triunfa.
Mas já começamos a crer, emocionados,
Que, no fim, o mal nem sempre vence.
O mais difícil da luta
É descobrir o lado em que lutar.[2]

---

2. O Prólogo de *Ato sem perdão* foi reproduzido a partir de texto, atribuído ao próprio Millôr Fernandes e publicado em *La Insigna*, 10/06/2005 (disponível em <www.lainsignia.org/2005/junio/cul_011.htm>). Por fim, vale anotar que, enquanto no último verso o texto traga "descobrir", Eva Wilma emprega "escolher", sendo prática comum aos atores ajustarem o texto à própria fala e ao palco.

ANTÍGONA

CENA: *Tebas, praia em frente ao Palácio Real, onde outrora residia Édipo. Ao fundo o palácio, com três portas, das quais a maior, no centro. É madrugada do dia em que os irmãos de Antígona, Etéocles e Polinices, morrem lutando às portas de Tebas. Tendo fugido os argivos, atacantes da cidade, Creonte, o rei, é o grande herói do dia.*

ANTÍGONA — Ismênia, minha adorada irmã, existe ainda alguma desgraça que Zeus não nos tenha infligido por sermos filhas de Édipo? Tudo quanto é doloroso e funesto, tudo quanto é infame e vergonhoso caiu sobre a nossa cabeça sem diminuir a fúria desse deus. Da estirpe orgulhosa e sofrida de Laio, resta só nós duas. E agora, essa proclamação que nosso comandante lançou a toda Tebas. Que sabes dela? Ouviste alguma coisa? Ou ignoras que os que amamos vão ser tratados como inimigos?

ISMÊNIA — Não ouvi coisa alguma, nem de mau nem de bom, sobre nossos irmãos, desde a hora infeliz em que trocaram golpes fatais às portas da cidade. A última coisa que ouvi foi o tropel dos cavalos de Argos fugindo noite adentro. Nada mais me chegou de que eu pudesse me alegrar ou entristecer.

ANTÍGONA — Eu bem sabia. Por isso te trouxe aqui fora, para que ninguém nos ouça.

ISMÊNIA — Ó céus! Teu rosto antecipa a angústia do teu coração.

ANTÍGONA — Um e outro, os dois, ambos — nossos irmãos morreram nessa guerra sem fim que travamos contra Argos, por umas miseráveis escavações de argila e cobre. Polinices, quase menino, acreditava em Argos e morreu por ela. Etéocles, ainda mais jovem, lutou até o fim, defendendo do próprio irmão a última porta de Tebas. Separados na vida, também não poderão se reencontrar sob o manto da terra. Para Etéocles, que morreu nobremente pela pátria e pelo direito, Creonte ordenou pompas de herói, respeito total e detalhado a todos os ritos e costumes. Mas o corpo do desgraçado Polinices, o traidor, não terá sepultura. Vieram me dizer — o edital do rei proclama que ninguém poderá enterrá-lo, nem sequer lamentá-lo, para que, sem luto ou sepultura, seja banquete fácil dos abutres. Esse é o edital que o bom Creonte preparou para ti e para mim — para mim, sim! — e que virá aqui comunicar mais claramente aos que pretendem não tê-lo entendido. Sua decisão é fria, e ameaça quem a desrespeitar com a lapidação, morte a pedradas. Agora sabes tudo. Logo poderás demonstrar se tu mesma és nobre ou se és apenas filha degenerada de uma raça nobre.

Ismênia — Minha pobre irmã, se o caso é esse, que importa o que eu faça ou o que eu não faça?

Antígona — Pergunto se queres dividir comigo o trabalho e o perigo.

Ismênia — Com que aventura me tentas? Que sentido têm tuas palavras?

Antígona — Procuro teu auxílio para enterrar um morto.

Ismênia — O morto que Tebas renegou?

Antígona — O morto que se revoltou.

Ismênia — Você tem a audácia de enfrentar o edital de Creonte e a ira do povo?

Antígona — Nenhum dos dois é mais forte do que o respeito a um costume sagrado. Enterro meu irmão, que é também o teu. Farei a minha e a tua parte se tu te recusares. Poderão me matar, mas não dizer que eu o traí.

Ismênia — Ai de mim! Lembra, irmã, que nosso pai morreu odiado e vilipendiado, depois que, juiz terrível, encontrando nele mesmo o culpado que tanto procurava, arrancou, com as próprias mãos, ambos os olhos. Depois a mãe e esposa, duas mulheres numa só, abandonou a vida pendurando-se numa corda ignominiosa. Hoje a terceira desgraça: perdemos, num só dia, dois irmãos, um derramando o sangue do outro, se dando mutuamente o golpe de extermínio. E agora nós — nós duas sozinhas —, pensa bem que fim será o nosso, mais miserável do que todos, se desprezarmos o decreto do rei, desafiarmos sua força. Não, temos que lembrar, primeiro, que nascemos mulheres, não podemos competir com os homens; segundo, que somos todos dominados pelos que detêm a força e temos que obedecer a eles, não apenas nisso, mas em coisas bem mais humilhantes. Peço perdão aos mortos que só a terra oprime: não tenho como resistir aos poderosos. Constrangida a obedecer, obedeço. Demonstrar uma revolta inútil é pura estupidez.

Antígona — Pois obedece então a teus senhores e glória a ti, irmã. Eu vou enterrar o *nosso* irmão. E me parece bela a possibilidade de morrer por isso. Serei amada para sempre pelos que sempre amei e junto deles dormirei em paz. Devo respeitar mais os mortos do que os vivos, pois é com eles que vou morar mais tempo. Mas tu és livre para ficar com os vivos e desonrar os mortos.

Ismênia — Eu não desonro nada; apenas não me sinto com forças para desafiar o Estado.

Antígona — Se a explicação te satisfaz, vive com ela; eu vou colocar terra sobre o corpo humilhado do meu pobre irmão.

Ismênia — Vai, irmã infeliz. Não tenho tua coragem nem tua indignação e fico aqui tremendo de temor por ti.

Antígona — Poupa teu medo que a mim me basta o meu. Não é por não ter medo que tomo esta atitude. Cuida bem de tua vida, que vale, desde já, menos que a minha.

Ismênia — Pelo menos esconde bem tua intenção, não fala a ninguém do que pretendes. Se ainda mereço alguma confiança, fica tranquila: também não direi nada a ninguém.

Antígona — Não, denuncia! Fala a todos, conta a qualquer um! Se pretendes com o silêncio diminuir meu ódio, estarás cometendo um erro irreparável. Proclama o que eu faço em toda parte.

Ismênia — As chamas da tua loucura me gelam de terror.

Antígona — A minha loucura e a minha imprudência velam a honra de um morto querido. Me arriscando por ele não corro o risco de uma morte inglória.

Ismênia — Vai então, dá terra ao morto. Embora louca, a tua ação é cheia de ternura.

Sai Antígona pela esquerda do espectador, Ismênia entra no palácio por uma das portas laterais. Entra o Coro dos Anciãos de Tebas.

Coro — Raio de sol, o mais brilhante que já surgiu na Tebas das Sete Portas, ilumina com tua luz gloriosa os troféus e os tesouros, os homens e as armas que conquistamos do inimigo derrotado. Mostra ao povo os escudos brancos antes tão orgulhosos e agora melancolicamente abandonados no campo de batalha pelos donos em fuga. Irmão, conta em todas as cidades helenas como o inimigo chegou a ameaçar nossas moradas; como apontou para o peito de nossos guerreiros suas dez mil lanças sedentas de sangue; como foi derrubado por Zeus, que tem horror às bocas cheias de jactâncias e lançou seus raios de fogo sobre o capitão, que já cantava vitória na entrada principal da amada Tebas. Como o inimigo caiu, tocha na mão, o baque do seu corpo contra a terra ensurdecendo e apavorando os seus, transformando em gritos de terror as torrentes de ódio com que nos ameaçavam, virando a nosso favor a roda da fortuna. Foi-lhes contrária a sorte, abateu-se sobre eles o punho do destino. Sete capitães nas sete portas contra sete chefes guerreiros tebanos se mediram e entregaram a Zeus, por intermédio nosso, o tributo de suas armaduras destruídas. Dois desses capitães não viram o fim da luta, dois filhos do mesmo pai, na mesma mãe gerados, irmãos mas inimigos, mortos um pelo outro, ambos vitoriosos e ambos derrotados. Agora cabe esquecer a guerra, enterrar nossos mortos e aproveitar as riquezas conquistadas. Cantos e coros a noite inteira no santuário dos deuses! E que Baco, filho de Tebas, dirija a nossa alegria e faça a nossa dança estremecer a terra.

Entra Creonte, pela porta central do palácio, acompanhado de dois assistentes. Veste-se com garbo real.

Coro — Mas eis aí que vem Creonte, filho de Meneceus, um novo chefe para um destino novo. Que intenção terá, convocando com tanta urgência a Assembleia dos Anciãos de Tebas?

CREONTE — Homens de Tebas, convoquei-os, anciãos e conselheiros da cidade, porque sempre foram fiéis ao trono e ao poder de Laio. Depois mantiveram o mesmo respeito à pessoa de Édipo, enquanto governante, e logo demonstraram igual lealdade aos descendentes do desgraçado rei. Façam que o povo todo saiba que a cidade está de novo em paz e segurança. Os deuses novamente nos protegem depois de tantas provações. O chão de Tebas é agora o duro leito de repouso dos que riam de nós. Ainda rirão, mas como caveiras, corpos em pleno vento, sem pátria nem tumba. Os abutres já nem podem se levantar do solo, saciados que estão da carne do inimigo.

Mas meu chamado tem outra importância: já é do conhecimento de todos que os dois rebentos másculos da estirpe de Édipo caíram na batalha, cada um maculado pelo sangue do outro, cabendo a mim agora sentar no trono e assumir todos os seus poderes como parente mais próximo dos mortos. Todos bem me conhecem, sabem bem da retidão e clareza com que sempre agi. Mas não se conhece verdadeiramente um homem, sua alma, sentimentos e intenções, senão quando ele administra o poder e executa as leis. Quero vos prometer ouvir sempre os mais sábios, calar quando preciso, falar se necessário e jamais colocar o maior interesse do melhor amigo e do mais íntimo parente acima da mais mesquinha necessidade do povo e da pátria. Com estas regras simples, agirei sempre para que esta cidade de memória curta não esqueça mais uma vez quais foram os resultados da batalha e não confunda, mais uma vez, o suor dos que combateram furiosamente com o suor do medo misturado à poeira da fuga.

Por estas regras simples eis o que disponho sobre os filhos de Édipo: Etéocles, que morreu defendendo a cidade, deverá ser sepultado com todas as pompas militares dedicadas ao culto dos heróis. Mas seu irmão, Polinices, amigo do inimigo que nos atacava; Polinices, que voltou do exílio jurando destruir a ferro e fogo a terra onde nascera e conduzir seu próprio povo à escravidão, esse ficará como os que lutavam a seu lado — cara ao sol, sem sepultura. Ninguém poderá enterrá-lo, velar-lhe o corpo, chorar por ele, prestar-lhe enfim qualquer atenção póstuma. Que fique exposto à voracidade dos cães e dos abutres, se é que esses quererão se alimentar em sua carcaça odienta.

O sentido da minha decisão é que, mesmo depois de mortos, não devemos tratar heróis e infames de maneira idêntica. Nunca, enquanto eu for rei, Tebas dará tratamento igual ao traidor e ao justo.

Corifeu — Tua vontade será respeitada, filho de Meneceus, tanto para o amigo como para o inimigo da cidade. Tens o direito e o poder de determinar qualquer ação, seja com relação aos mortos, seja com relação a nós, os vivos.

Creonte — Cuidem então para que minha ordem seja cumprida. Faço dos senhores os fiscais da minha decisão.

Corifeu — É tarefa pesada demais para nossa idade, Creonte. Entrega esse dever a alguém mais jovem.

CREONTE — Não se trata de ato material de vigilância. Meus guardas já estão a postos, velando um dos cadáveres para que seja respeitado e o outro para que ninguém se atreva a lhe prestar a menor reverência.

CORIFEU — E que exiges mais de nós, então?

CREONTE — Que não tenham a menor condescendência para com os que ousem me desobedecer.

CORIFEU — Não conheço ninguém tão louco que vá cortejar morte tão certa.

CREONTE — Quem jamais saberá de que ousadias é capaz a ambição humana? O cumprimento de minha dura decisão é a primeira prova de obediência que exijo do povo que governo. Quem a desrespeitar morrerá, tão certo quanto eu ser, agora, o rei de Tebas.

Um guarda entra pela direita.

GUARDA — Meu soberano, não vou me desculpar dizendo que estou sem fôlego porque vim correndo. Ao contrário, vim até devagar, pois muitas vezes parei no meu caminho pensando se devia continuar, ou se não seria mais sábio voltar para de onde eu vim. Minha alma me dizia: "Imbecil, por que essa pressa toda em busca do castigo?" Mas, se eu voltava atrás, a coisa piorava: "Desgraçado", dizia o pensamento, "não para no caminho. Se Creonte souber por outro o que aconteceu, teus dias estão contados." Foi esse debate, senhor, entre a certeza que empurra e a dúvida que freia, que transformou um caminho curto numa estrada longa. Mas enfim, passo a passo, depois de muita parlamentação entre mim e eu mesmo, cheguei, como vês, e por chegar aqui estou, pois pelo menos uma coisa eu concluí — a mim não poderá acontecer nada que não esteja no meu próprio destino.

CREONTE — E por que tanto medo e tão pouco fôlego?

GUARDA — Antes de vos dizer o que foi feito, eu gostaria de dizer que não fui eu que fiz, nem vi quem fez, e acho que ninguém pode ser castigado pelo que não fez nem viu.

CREONTE — Já vi muita gente pagar apenas por falar demais. Que crime tu tentas encobrir com esse mar de palavras sem sentido?

GUARDA — Meu rei, ninguém gosta de ser arauto de desgraças. O cadáver, alguém o enterrou rapidamente e desapareceu. Quando vimos, o morto estava coberto de pó e terra seca, e havia em volta outros sinais de que se tinham cumprido os ritos piedosos.

CREONTE — Me custa acreditar. A audácia é inconcebível! Quem foi?

GUARDA — Ninguém sabe. O chão estava liso, não havia marcas de enxada ou picareta. A terra, dura e seca, sem traço de rodas ou qualquer marca que pudesse levar ao criminoso. Quem praticou o ato não deixou vestígio. O corpo, quando o descobrimos à primeira luz do dia, não estava bem enterrado, tinha em cima uma poeira fina e alguma terra, como se alguém quisesse apenas mostrar seu desafio ao decreto real. Também não havia em volta qualquer pegada de fera ou cão faminto que, atacando os despojos, pudesse ter nos confundido. Imediatamente começamos a nos acusar uns aos outros, aos gritos e impropérios, e quase chegamos a nos agredir mutuamente, pois éramos todos réus, todos juízes. Cada um jurou da maneira mais violenta a sua própria inocência, cada qual pediu para si próprio o mais duro castigo, caso fosse culpado. Até que afinal uma voz mais sensata nos fez ficar ainda mais apavorados, pois era desgraça igual fazer ou não fazer o que ela propunha. Aconselhou que um de nós devia vir aqui vos contar tudo em todos os detalhes. Como não aparecesse um voluntário, a sorte foi tirada e coube ao infeliz, aqui presente, o azar do prêmio. E aqui estou eu que não queria vir nem sou bem-vindo, pois vos repito, meu rei: sei muito bem que ninguém ama um portador de más notícias.

CORIFEU — Creonte, uma reflexão: isso bem pode ser obra dos deuses.

CREONTE — Cala que o que tu dizes só faz aumentar a minha cólera e mostra que és tão estúpido quanto velho. Ninguém vai me convencer de que os deuses iriam proteger o covarde cuja intenção era justamente profanar os templos, pilhar os altares e os tesouros sacros. A não ser que, de agora em diante, os deuses tivessem resolvido proteger a vilania.

Não, o que há são intrigas de cidadãos descontentes comigo, que criticam minha proclamação e conspiram e murmuram, abanando a cabeça com descrença. Se recusam a curvar a nuca ao jugo do poder. Foram eles, bem sei, que tentaram e subornaram alguém para a tarefa infame.

Os homens não inventaram nada mais nefasto do que o dinheiro. Corrompe as cidades, destrói os lares, mina as almas mais honestas levando-as a atos cruéis ou vergonhosos, ensina perfídia ao mais ingênuo e conduz até o santo ao sacrilégio. Mas fiquem certos, todos os que cobraram um preço por essa traição, que cedo ou tarde vão pagar por ela um preço bem maior. Quanto a ti, ouve bem o que te digo e juro: se não me trouxeres aqui o culpado desse sacrilégio, um culpado palpável, vivo e humano, não te darei apenas a morte por castigo, mas muito, muito mais. Porque, assim, os que virem a ti e teus companheiros empalados vivos em uma estaca aprenderão que o dinheiro do crime não se lega e que nem tudo pode ser fonte de lucro.

GUARDA — Para homens humildes como eu, chega o momento em que todo gesto é um gesto errado. Que faço agora? Falo, calo, vou ou fico?

CREONTE — O simples som de tua voz me irrita. É mais sábio que partas para encontrar alguém mais miserável sobre quem possas lançar a culpa. Ou logo descobrirás que o dinheiro que recebeste era vendendo a vida.

GUARDA — Ai de mim! Dizem que a justiça é lenta, mas não existe nada mais veloz do que a injustiça.

CREONTE — Brinca com as palavras! Dou-te esse direito. Mas se não inventares bem depressa um réu para o teu crime, verás que um lucro criminoso rapidamente se transforma em amargo prejuízo. *(Entra no palácio.)*

GUARDA — Que outro qualquer procure e encontre esse culpado. Não eu. Que o destino o apanhe ou não apanhe, minha cara aqui ninguém vê mais. Os lugares onde vivem os poderosos são insalubres demais para o homem do povo. Confesso que até hoje nada me aconteceu tão espantoso quanto sair daqui com vida. *(Sai.)*

CORO — Muitas são as coisas prodigiosas sobre a terra, mas nenhuma mais prodigiosa do que o próprio homem. Quando as tempestades do sul varrem o oceano, ele abre um caminho audacioso no meio das ondas gigantescas que em vão procuram amedrontá-lo: à mais velha das deusas, à Terra eterna e infatigável, ano após ano ele lhe rasga o ventre com a charrua, obrigando-a a maior fertilidade. A raça volátil dos pássaros captura, muita vez, em pleno voo. Caça as bestas selvagens e atrai para suas redes habilmente tecidas e astuciosamente estendidas a fauna múltipla do mar, tudo isso ele faz, o homem, esse supremo engenho.

Doma a fera agressiva acostumada à luta, coloca a sela no cavalo bravo e mete a canga no pescoço do furioso touro da montanha. A palavra, o jogo fugaz do pensamento, as leis que regem o Estado, tudo ele aprendeu, a si próprio ensinou. Como aprendeu também a se defender do inverno insuportável e das chuvas malsãs. Vive o presente, recorda o passado, antevê o futuro. Tudo lhe é possível. Na criação que o cerca, só dois mistérios terríveis, dois limites. Um, a morte, da qual em vão tenta escapar. Outro, seu próprio irmão e semelhante, o qual não vê e não entende. Se não resiste a ele, é esmagado. Se o vence, o orgulho o cega e vira um monstro que os deuses desamparam. Só o governante que respeita as leis de sua gente e a divina justiça dos costumes mantém sua força porque mantém sua medida humana. Em mim só manda um rei: o que constrói as pontes e destrói muralhas.

Entra Antígona acompanhada pelo Guarda.

Corifeu — Mas que coisa espantosa é essa que estou vendo? Que portento dos deuses? Poderei por acaso fingir que não a conheço, que não sei que essa que aí está é a bela Antígona, filha infeliz do desgraçado Édipo? Que significa isso? Tu és prisioneira? Desrespeitou o édito do rei? Deixou-se surpreender num ato de loucura?

Guarda — Eis aqui quem praticou o ato. Foi surpreendida quando tentava sepultá-lo. Mas onde está Creonte?

Creonte entra apressado.

Corifeu — Ei-lo que chega no momento exato.

CREONTE — Que foi que aconteceu que torna minha chegada assim tão oportuna?

GUARDA — Meu rei, diz o provérbio que ninguém deve jurar que não beberá mais desta água, que jamais fará isto ou aquilo. Porque assim que juramos, tudo muda e nós também mudamos. Apavorado por tuas ameaças, eu tinha me prometido jamais botar os pés aqui de novo. Mas logo estou de volta porque peguei esta jovem no momento exato em que cuidava de enterrar o morto. E agora, senhor, deixo-a contigo, para que a interrogues, julgues, castigues, e, se permites, me vou o mais depressa, antes que outra confusão me envolva.

CREONTE — Onde, como e quando ela foi presa?

GUARDA — Repito que enterrava e consagrava o morto — e agora sabes tudo.

CREONTE — Repetes o que te contaram ou foste testemunha?

GUARDA — Conto o que aconteceu: voltamos para o posto de vigília, apavorados com tuas terríveis ameaças, limpamos o pó e a terra que cobria o corpo já em estado de putrefação e nos sentamos perto, numas pedras, de costas para o vento, pois o mau cheiro era insuportável. Cada um procurava ter os olhos mais abertos do que o outro, e todos se punham aos palavrões e às ameaças se alguém, cedendo ao cansaço, cochilava.

Assim vigiamos até que o disco do sol ficou a pino, cegando a todos com sua luz terrível. Súbito um vento quente nos envolve num turbilhão de areia em brasa. O redemoinho se abate sobre as árvores, arranca folhas, escurece o céu, enche toda a planície de destroços mil. Fechamos os olhos e enfrentamos tremendo aquilo que só podia ser a maldição celeste. Quando, enfim, passou a tempestade, esfregamos os olhos e vimos essa mocinha aí, soltando gritos de horror e angústia como um pássaro desesperado por perder os filhotes.

Foi exatamente o que ela fez ao ver o cadáver de novo descoberto. E também proferia terríveis ameaças e lançava maldições sobre os autores do que chamava de heresia. Cavando do chão, com as próprias unhas, o pouco de terra que podia, cobriu de novo o morto, ao mesmo tempo que, de uma ânfora de bronze trabalhado, bebia e derramava sobre ele a tripla libação sagrada. Vendo isso, caímos sobre ela e a prendemos, sem que demonstrasse o mais leve receio. Acusada do que fazia e do que tinha feito, não negou coisa alguma, me deixando ao mesmo tempo alegre e triste. Pois é tão bom a gente se livrar de uma desgraça quanto é penoso desgraçar os outros. Porém, sou franco, a mim o que interessa mais é a minha própria pele.

CREONTE — Tu — tu que estás aí agora com a cabeça curvada para o chão —, negas ou confessas a acusação?

ANTÍGONA — Confesso tudo. Não nego coisa alguma.

CREONTE — *(Ao Guarda.)* Ela te livra de qualquer acusação. Vai embora.

Sai o Guarda.

CREONTE — *(A Antígona.)* Agora responde, sem muitas palavras, minha proibição não tinha chegado ao teu conhecimento?

ANTÍGONA — Como podia alguém ignorar? Foi divulgada na cidade inteira.

CREONTE — Foi então um desafio bem premeditado?

ANTÍGONA — Tu o compreendeste. A tua lei não é a lei dos deuses; apenas o capricho ocasional de um homem. Não acredito que tua proclamação tenha tal força que possa substituir as leis não escritas dos costumes e os estatutos infalíveis dos deuses. Porque essas não são leis de hoje, nem de ontem, mas de todos os tempos: ninguém sabe quando apareceram. Não, eu não iria arriscar o castigo dos deuses para satisfazer o orgulho de um pobre rei. Eu sei que vou morrer, não vou? Mesmo sem teu decreto. E se morrer antes do tempo, aceito isso como uma vantagem. Quando se vive como eu, em meio a tantas adversidades, a morte prematura é um grande prêmio. Morrer mais cedo não é uma amargura, amargura seria deixar abandonado o corpo de um irmão.

E se disseres que ajo como louca, eu te respondo que só sou louca na razão de um louco.

CORIFEU — Eis a filha inflexível de um pai obstinado; incapaz de se curvar ao infortúnio.

CREONTE — Mas aprendi na vida que muitas vezes as vontades mais duras são as que mais se amesquinham quando cedem: a dureza do próprio ferro se dissolve quando levado ao fogo. E basta um palmo de freio para domar o cavalo mais selvagem. Há os que mandam e há os que obedecem. Não há espaço para orgulho no peito de um escravo. Ela já tinha mostrado sua insolência desafiando minha lei. Não satisfeita, exibe agora uma insolência maior se vantajando do feito.

É evidente que eu sou mais homem, e ela o homem se eu deixar impune a petulância. Não, embora tenha sido gerada por minha própria irmã, esteja mais próxima do meu sangue do que todos os que veneram Zeus no meu altar, nem ela nem a irmã escaparão a uma morte horrenda, pois sei muito bem que a outra é cúmplice do crime.

Tragam-na aqui — acabei de vê--la aí dentro agora mesmo, fora de si, agindo como louca. É comum almas fracas ficarem possuídas de uma convicção inabalável enquanto tramam, na sombra, a traição. Surpreendidas, porém, pouco resistem e caem em desespero. Não sei o que é maior em mim, se meu desprezo por essas criaturas ou meu ódio pelas que tentam glorificar seu crime com palavras.

ANTÍGONA — Que pretendes fazer comigo além de me matar?

CREONTE — Mais nada: isto me basta.

ANTÍGONA — Então por que esperas? Nada do que disseres poderá me agradar e tudo o que eu disser só poderá te ser agradável. A glória que eu buscava eu tenho e ninguém mais me tira — a de dar a meu irmão um enterro digno. Todos aqui se apressariam em concordar com o que eu fiz se não tivessem a língua travada pela covardia. Mas essa é a vantagem dos tiranos: impor pelo medo tudo o que dizem e fazem.

CREONTE — Ainda palavras. Não há um só tebano que pense igual a ti.

ANTÍGONA — É o que eu duvido. Controlam a língua, eis tudo.

CREONTE — Não te envergonhas de lançar tal suspeita sobre toda a cidade?

ANTÍGONA — Se pensam como eu e calam, estão errados. Se não pensam o que penso, estão errados. Ninguém pode chamar de crime honrar um irmão.

CREONTE — E o que ele matou, não era irmão?

ANTÍGONA — Irmão, sim. Filhos de um mesmo pai e de uma mesma mãe.

CREONTE — E você não o ofendeu, honrando o que lutava contra ele?

ANTÍGONA — Ele próprio não diria isso.

CREONTE — Como? Concordaria em que honrasses um traidor com cerimônias iguais às dele, que deu a vida pela pátria?

Antígona — Polinices não era um escravo, era irmão dele. Também morreu em combate.

Creonte — Repito: combatendo contra a pátria que Etéocles defendia.

Antígona — Combatendo Creonte, que Etéocles defendia.

Creonte — O que importa é que havia uma guerra e a guerra tem dois lados. Polinices escolheu o lado errado.

Antígona — Não é o que dizem os cidadãos de Argos. Tu sabes muito bem que eles perderam a batalha, mas não se consideram derrotados. Afirmam que usas o cadáver para aterrorizar os que poderiam se passar para o lado deles.

Creonte — Assim, andas ouvindo o inimigo?

ANTÍGONA — O povo fala. Por mais que os tiranos apreciem um povo mudo, o povo fala. Aos sussurros, a medo, na semiescuridão, mas fala.

CREONTE — Pois diga a esses que chamas de povo que não falem mais. É o que aconselho aos que amam a vida.

ANTÍGONA — O mais apavorado é o que semeia o medo. A violência é mãe da violência. Ontem foi meu irmão. Hoje sou eu. A quem, agora, se dirige tua intimidação?

CREONTE — A todos que pregam a desunião em Tebas.

ANTÍGONA — A eterna ameaça: a desunião enfraquecerá a pátria e ela cairá nas mãos de forças estrangeiras. Assim o governante obriga o cidadão a curvar a cabeça a qualquer prepotência.

CORO — Não dê muita atenção ao que ela diz, Creonte, filho de Meneceus. É o desespero quem fala. Tu que esqueces que foi Creonte que acabou de nos dar a magnífica vitória sobre Argos.

ANTÍGONA — E todos se esquecem de que foi Tebas quem começou a luta, por ambição de Creonte. E Tebas quem, vencedora agora, avança sobre Argos destruída para impor seu domínio a um povo quase irmão. Não nasci para o ódio, mas para o amor.

CREONTE — Fica contente então. Logo vais encontrar sob a terra todos os que te são caros.

Entra Ismênia.

CORIFEU — Eis que aparece Ismênia no umbral da porta, a amável Ismênia, chorando agora pela irmã querida. Uma nuvem de angústia e de amargura altera-lhe o rosto admirável.

CREONTE — Aí está ela, a que anda sempre se arrastando pelos cantos do palácio, se preparando para beber meu sangue. Alimentei dois monstros à sombra do meu trono, duas víboras para me devorarem. Vem, confessa, participaste também da traição ou vais jurar que ignoravas tudo?

ISMÊNIA — Se minha irmã permite, eu também sou culpada. Também participei, sou cúmplice.

ANTÍGONA — Nunca! A justiça não admite que eu concorde com isso. Tu não aprovaste meu ato nem eu permiti que me ajudasses.

ISMÊNIA — Ainda é tempo de te dar minha aprovação. E peço que me deixes repartir contigo a tua culpa. Se te reconciliares comigo, talvez nosso irmão morto me perdoe também a hesitação de antes.

ANTÍGONA — Não queiras repartir agora a culpa daquilo em que não tiveste coragem de botar as mãos. Vive tu. Minha morte basta.

ISMÊNIA — Sem ti, irmã, que me interessa a vida? A quem mais dedicar o meu amor?

ANTÍGONA — A Creonte, que te interessa tanto.

ISMÊNIA — Por que zombar de mim dessa maneira inútil?

ANTÍGONA — Para esconder a pena que tenho de ti.

ISMÊNIA — Então deixa que eu vá contigo.

ANTÍGONA — Minha decisão está tomada. Salva tua vida que eu não te invejo.

ISMÊNIA — Quem te inveja sou eu, Antígona. Tu morres em paz.

CREONTE — Senhores, não é necessário muita perspicácia para verificar que são ambas loucas, essas duas jovens. Uma é maluca de nascença. A outra acaba de ficar neste momento.

ISMÊNIA — Eu gostaria, Creonte, que tu nos mostrasse qualquer criatura que conservasse seu tranquilo bom senso ante tal desgraça.

CREONTE — Foi ela quem a procurou desafiando um poder muito maior que ela.

ISMÊNIA — A diferença entre nós, Creonte, é que nós duas ficamos loucas diante da desgraça e tua desgraça virá de tua loucura. Condenas à morte a noiva de teu filho.

CREONTE — Não existe só um prado fértil. Não existe só uma mulher no mundo.

ISMÊNIA — Hémon concorda?

CREONTE — Hémon é meu filho, e meu comandante mais eficiente. Sabe que só decido o que é melhor e está acostumado a obedecer.

ANTÍGONA — Meu pobre Hémon, como teu pai se julga bem, te julga mal.

CREONTE — Basta! Não me interessa mais ouvir falar do assunto.

CORIFEU — Está decidido, que roubarás a esposa de teu filho?

CREONTE — Quem o decide é o destino. *(Aos guardas.)* Levem daqui estas mulheres e que de agora em diante sejam vigiadas todo o tempo. Pois mesmo os mais arrogantes se apavoram e procuram escapar quando veem que a morte se aproxima.

Saem Antígona e Ismênia, levadas pelos guardas.

CORO — Felizes os que não provaram na vida o gosto da aflição. Desgraçada da casa que os deuses escolheram para atormentar. Porque os que moram nela pagam para sempre a escolha fatal.

Eu vi, os meus antepassados viram, que desde tempos imemoriais os herdeiros de Laio herdam o poder e o destino trágico. Uma geração não redime outra geração e a raça continua olhando no infinito sem avistar jamais o fim de suas desditas. Os deuses implacáveis não descansam, o ódio do céu não se limita.

Agora mesmo, Antígona, um raio de esperança, brilhava suavemente na mansão de Édipo. Mas eis que num instante a luz se transforma em sangrenta nódoa por causa de um punhado de poeira oferecido a um morto e de algumas palavras imprudentes que não soube calar.

Porém, Creonte, embora haja os preferidos do infortúnio e os preferidos da sorte, uma verdade maior impõe sua verdade: "Nada de grande é dado ao ser humano que não venha acompanhado da dor correspondente." Assim, não pisa demais teu inimigo, porque é terrível quem chega ao fim do desespero. E invencível o que não tem nada a perder. Cuidado para que a infinita desgraça que vês hoje não te pareça, amanhã, ventura gloriosa comparada ao que te acontecer.

Entra Hémon.

CORIFEU — Mas aí vem Hémon, teu filho mais novo. Olha que expressão sombria. É evidente que já sabe do destino de Antígona. Antígona, que é o destino dele.

CREONTE — Quando eu quiser adivinhos mando chamar Tirésias. Por enquanto prefiro enfrentar o imediato. Que fazes aqui quando te necessitam na frente de combate?

HÉMON — Aproveitei a trégua momentânea, entreguei o comando a Megareu. Meu irmão é mais velho e mais experiente.

CREONTE — O comando eu entreguei a ti. Que quer dizer esta visita inesperada?

HÉMON — Notícias sombrias me alcançaram no meio da batalha.

CREONTE — Por acaso vens envenenado de ódio contra mim ou reconheces que, como chefe de Estado, agi em defesa da Pátria e, como pai, procurei teu benefício? Estás comigo em qualquer decisão ou, como outros, procuras analisar maliciosamente cada gesto que faço?

HÉMON — Meu pai, eu te pertenço. E tua sabedoria desde cedo traçou para mim as regras que eu sigo sem hesitação. Nenhum noivado poderia ser mais importante do que te conservar como meu guia.

CREONTE — Meu coração é grato por pensares assim. Para isso temos e criamos filhos. Para que honrem a nós e nossos amigos e saibam enfrentar conosco os mesmos inimigos. Renuncia, pois, a essa mulher que, na certa, não saberia manter nem a ordem em teu lar nem o calor do teu leito. Uma mulher assim só encontrará companheiro ideal nas profundezas da terra.

Foi a única de todos os cidadãos apanhada em aberta desobediência.

Eu não poderia decepcionar o povo que fez tantos sacrifícios e nem meus homens em armas, que deram sua vida pela causa, permitindo que ela tratasse nossa vitória com desprezo.

Não adianta ela apelar para as ligações de sangue e parentesco. Pois, se não consigo governar minha própria casa, como poderei manter minha autoridade na área mais ampla do Estado? Só sabe comandar quem comanda até o mais ínfimo detalhe. Só sabe comandar quem desde cedo aprende a obedecer. A pior peste que pode atacar uma cidade é a anarquia. Não estou disposto a deixar a indisciplina corroer meu governo comanda-

da por uma mulher. Se temos que cair
do poder, que isso aconteça diante de
outro homem.

CORIFEU — Para nós, se a idade não diminuiu
nossa percepção, tuas palavras são
plenas de sabedoria.

HÉMON — Pai, a maior virtude do homem é
o raciocínio. Não tenho a capacidade
— e muito menos a audácia — para
duvidar da sensatez do que disseste.
Contudo, posso admitir que haja
outra opinião igualmente sensata.
Espero que não te ofendas se te contar que procuro, para minha própria
informação, e para a tua, ouvir o que
se fala contra o trono. Considero isso
parte do meu ofício de soldado e parte
de minha lealdade ao pai e soberano.
A ti, nenhum cidadão viria dizer o
que se murmura na sombra e nas
esquinas:

"Nenhuma mulher", murmuram todos, "jamais mereceu menos destino tão cruel, morte tão infamante. Essa que ousou tudo para não deixar o irmão ser pasto dos cães e dos abutres devia ser coroada pelo povo, carregada em triunfo, vestida numa túnica de ouro." Esse é o murmúrio clandestino que corre por aí. Para mim não existe nada mais precioso do que o teu bem-estar. Se te conto o que ouvi é só para que conheças que sobre o mesmo assunto há mais de uma versão. Sábio é o que não se envergonha de aceitar uma verdade nova e mais sábio é o que a aceita sem hesitação. Quando a tempestade cai sobre a floresta, os abutres que se curvam à ventania resistem e sobrevivem, enquanto tombam gigantes inflexíveis. Domina a tua cólera e cede no que é justo. Jovem que sou, sei que o que digo vale muito pouco: acho que o ideal era nascermos todos sábios, sem precisarmos aprender nada de ninguém. Mas como isso acontece raramente, é bom ouvir opiniões contrárias.

CORIFEU — Senhor, acho que farias bem dando atenção às palavras de teu filho, e tu também, Hémon, ganharias ouvindo teu pai, pois ambos falaram certo e com cautela.

CREONTE — De nada vale minha experiência? Devo aprender com um homem dessa idade?

HÉMON — De tudo o que eu falei escolhe apenas o que é sensato. Examina meus méritos, não a minha idade.

CREONTE — De que méritos falas? O de defender desordeiros?

HÉMON — Para os desordeiros te aconselho a morte. Os que ouvi cochichando eram homens do povo, quase todos soldados. Comentavam também que não temos reservas para perseguir o inimigo até as portas de Argos.

CREONTE — O que se ouve reflete quase sempre o que se quer ouvir. Estás descontente com as ordens de combate?

HÉMON — Há um profundo descontentamento.

CREONTE — Que pretendes agora, me ensinar a governar?

HÉMON — Te pergunto também: tenho que respeitar resposta tão infantil?

CREONTE — Por quê? Achas que devo governar com a opinião alheia?

HÉMON — Nenhum Estado pertence a um homem só.

CREONTE — A cidade então não é de quem governa?

HÉMON — Pensando assim, serias um bom governador, mas de um deserto.

CREONTE — Vejam a fúria com que defende uma mulher.

HÉMON — Se te sentes mulher. Só estou te defendendo de ti mesmo.

CREONTE — Miserável! Combate o próprio pai. Em meu lar só tenho alimentado inimigos que se aliam a outros inimigos em todas as esquinas da cidade. Se não conseguem me afastar do trono, é só porque têm uma ambição sem causa. Um para fugir à luta, outro para escapar ao fisco, aquele por um pedaço de terra, este por uma mulher, todos são contra mim. Não te pedi nem te permito que me fales como um deles. Fala como meu filho, a quem tão cedo confiei minhas melhores tropas.

HÉMON — Mais do que como teu filho, falo pela verdade. Repito: toda a cidade aprova a ação de Antígona, mesmo os que condenam Polinices.

CREONTE — É fraqueza fazer menos do que eu fiz. Não basta apenas destruir o traidor. É preciso que seja exposto à execração para que fique o princípio: OS QUE SE DEIXAM CORROMPER SÃO ABATIDOS. Se a minha mão tremer, estou perdido. Se a minha voz hesitar, cairão sobre mim. E tu, que ignoras tudo ou quase tudo, pedes-me que escute a voz do povo. Essa voz que gagueja frases sem sentido. Para fertilizar o solo, é necessário força. Não se pergunta ao solo se deseja a lâmina do arado.

HÉMON — Uma ordem generosa produz muito mais frutos. Para os que governam, saber esquecer é salutar.

CREONTE — Para os governados ainda é mais. Por que não esqueces essa por quem tanto te expões? Largaste as tropas para interpelar-me. Defendes mais a ela que a Tebas.

HÉMON — Defendo apenas a justiça.

CREONTE — Confundes justiça com o desejo de levá-la para o leito.

HÉMON — Isso é o que eu chamaria de uma grosseira estupidez se não tivesse sido dita por meu pai.

CREONTE — Tua audácia cresce.

HÉMON — Que queres: falar sozinho e não ouvir respostas?

CREONTE — Fique certo porque é definitivo: essa mulher não será tua. Pelo menos neste lado da vida.

HÉMON — A morte dela não matará só a ela.

CREONTE — Agora é uma ameaça. Fala claro que ainda sou o teu pai, mas já não te compreendo. Vais pagar muito mais caro do que pensas o insulto e o desafio. Tragam aqui essa mulher odienta para que morra na presença dele, sob o testemunho do olhar do noivo.

HÉMON — Nunca. Não penses que vou ficar aqui olhando com horror passivo a tua monstruosidade. Olha bem para o meu rosto: nunca mais teus olhos me verão. Continua, enquanto puderes, teus atos de demência; sempre haverá um lacaio que se fingirá teu amigo e dirá que ninguém tem mais bom

senso do que tu. *(Em tom profético.)*
Enquanto fores rei. *(Sai.)*

Corifeu — Lembra-te, Creonte, que o jovem
que saiu daqui desesperado é teu filho
mais moço. A dor que leva na alma é
muito perigosa nessa idade.

Creonte — Que ele sofra e ameace o que bem
entender; seu desespero não salvará
da morte essas duas mulheres.

Corifeu — Pretendes então mandar matar as
duas?

Creonte — Não. Escapou-me a sentença. Uma
não tem culpa do que a outra fez.

Coro — E a que morte pretendes condenar
Antígona?

Creonte — Enquanto o povo se distrai nas
praças, festejando a vitória, ela será

enviada para um lugar deserto, enterrada viva numa gruta de pedra, nas montanhas. Lá não lhe chegará um som de voz humana e poderá conversar em paz com seus mortos queridos. Receberá como alimento apenas a ração de trigo e vinho que os ritos fúnebres mandam dar aos mortos. Isso; para se manter viva terá que se alimentar com a comida dos mortos. *(Entra.)*

Coro — Quantas vezes uma fúria excessiva é apenas a fraqueza apavorada. Mas é tão mortal quanto uma força verdadeira. A filha de Édipo veste traje de luto e se prepara para enfrentar a sua hora, enquanto ao longe se ouvem os cantos e os risos pela vitória que nunca é total, jamais sem mácula. Mas o vinho de Baco é irresistível depois de uma batalha prolongada. Ó deus do amor, tu que venceste sempre, mesmo quando as aparências diziam que estavas derrotado. Ao sol do deserto em desespero, nas minas de sal cego ou sedento, no mar tranquilo ou furioso, o homem ama, e por amor tantas vezes sucumbe. Mas nunca é do amor que parte a violência e sim dos que, incapazes de amar, odeiam.

Antígona sai do palácio acompanhada pelos guardas.

CORO — E eis que vendo o que vejo não respeito lei nem lealdade. Não é possível se conterem as lágrimas ao ver Antígona caminhando para o sono no qual tudo se acaba.

ANTÍGONA — Vejam bem, cidadãos de meu país, reparem como Antígona dá o primeiro passo de seu último caminho. Com que angústia olho o sol que não verei de novo. Hades, o deus que fecha para sempre os olhos de todos os seres, a mim me conduz viva para as margens do além. Me tiram o véu de noiva, me dão o véu do luto, e eu vou, sem cortejo nem cantos nupciais, infeliz prometida do deus da escuridão.

CORO — Mas caminhas para a morte escoltada pelo respeito dos que te conheceram. Em tua cabeça há um halo de glória. A doença não consumiu teu corpo. O tempo não desgastou teu rosto. Senhora do teu próprio destino, única entre todos, desces viva ao mundo dos mortos.

ANTÍGONA — Ah, bem me avisaram do destino terrível que caiu sobre a filha de Tântalo, no alto do monte Sipila. As pernas presas por uma avalanche, seu corpo vivo ficou exposto ao tempo. As heras cobriram-lhe o tronco, confundindo-se com seus membros, impedindo-lhe os últimos movimentos. Dizem que não morreu, exposta ao céu, ao vento e à luz dos astros. É sempre inverno lá. E dos seus olhos caem límpidas lágrimas de neve. Quando me contaram essa história, eu não sabia que os deuses me preparavam igual destino.

CORO — Ela era uma deusa, filha de deuses. Nós somos humanos, filhos de mortais. Vês? Terás o glorioso fim reservado às divindades.

ANTÍGONA — Sei, zombam de mim. Em nome de meus pais, não podem ao menos esperar que eu vá embora, têm que rir de mim na minha cara? Ah, minha cidade, ah, Tebas dos mil carros, ah, homens ricos e poderosos de minha cidade. Sejam ao menos testemunhas de que um dia, sem um amigo para chorar o meu destino e pela força de leis que desconheço, penetrei viva numa tumba no coração da montanha, sepultura espantosa. Ai de mim, que não tenho lugar na vida nem na morte, ai de mim, sem lar entre os vivos, estrangeira entre os mortos.

CORO — Com extrema audácia tu te lançaste contra o duro pedestal do trono da justiça. Estás aí, caída, e a justiça está lá, inalterada. Mas se te consola saber, tua provação já estava escrita. Estás pagando ainda o crime de teu pai.

ANTÍGONA — Agora tocaste no ponto mais dolorido que há dentro de mim — a sorte de meu pai. E me vem o horror do leito de minha mãe, o tenebroso leito onde ela dormiu com o próprio filho. De que gente infeliz, de que desgraçado instante se gerou meu miserável ser. Nada de estranho então que agora eu esteja aqui abandonada e maldita, caminhando sozinha ao encontro deles. Ah, meu irmão, um gesto de amor por ti me traz a morte. Vivo, era bom estar viva a teu lado. Morto, me matas.

CORO — O poder, posto em causa, não pode recuar. Perdida pela cólera, tu que esqueceste de que a cólera não é um privilégio teu. Ela aumenta na proporção do poder. Teu impulso foi tua perdição.

ANTÍGONA — Sem prantos, sem parentes, sem marido é impossível retardar o meu destino: infeliz, não tornarei a ver o luminoso círculo do sol; em volta de mim, nem uma lágrima. Nem um soluço de amigo me acompanha.

Entra Creonte.

CREONTE — Não sabem que as lamúrias não cessariam nunca se deixássemos os condenados à morte dizer tudo o que sentem? Fora com ela, depressa, levem-na daqui. Quando estiver enterrada na montanha, como ordenei, na escuridão, e só, ela que decida se deseja morrer ou prefere viver emparedada. Não pretendo sujar minhas mãos com o sangue dela. Mas isto é certo: viva o que viva, jamais voltará a contemplar o dia.

ANTÍGONA — Tumba, alcova nupcial, eterna prisão de pedra, seja o que seja, lá esperam mortos sem número, para abrir seus braços de sombra a esta infeliz que desce à sepultura sem ter provado o gosto da existência. Levo comigo a esperança de ser bem recebida por ti, meu pai; saudada com alegria por ti, minha mãe; esperada com ternura por ti, meu irmão; pois, na hora da morte, eu não os abando` nei. Os corpos de meus pais, lavei-os e vesti-os com minhas próprias mãos, encomendei-os aos deuses, pratiquei sobre eles os ritos funerários. E é por ter ousado fazer o mesmo com teu corpo em ruínas, meu irmão Polinices, que me dão a recompensa de te encontrar na morte.

Contudo, os cidadãos sensatos apoiam e dão razão ao meu comportamento. Sabem que se eu fosse a mãe de um filho e o visse morto, ou se meu marido morto estivesse apodrecendo ao sol, eu não enfrentaria a fúria da lei nem a incompreensão da maioria.

Qual a norma insensata — alguns vão perguntar — que preside o meu comportamento? É que, perdido um marido, não faltaria outro para me dar outro filho. Mas com pai e mãe já nas sombras do sepulcro, a vinda de outro irmão não é mais possível.

Eis por que coloquei acima de tudo as honras que Polinices merecia.

E, por um gesto de piedade, me apontam como ímpia. Porque respeito os mortos, dizem que sou sacrílega. Mas breve, meu destino cumprido, eu saberei dos próprios deuses se errei eu ou se erraram os meus juízes. Se o erro é deles, me falta imaginação para lhes desejar um fim pior do que o que me impuseram.

CORO — A mesma fúria sempre, como um vento fatal, sopra em tua alma.

CREONTE — Não demorará para que verifiques todas as tuas dúvidas. Quanto a mim, que não duvido, não temo. Levem-na. Já retardaram demais minha sentença.

ANTÍGONA — Tu, Creonte, e todos os que te apoiam contra mim verão o meu cadáver e o de meu irmão se multiplicarem por milhares nessa guerra sem fim. A vitória de uma batalha enlouqueceu a todos e se atiraram sobre o chão do inimigo, na cobiça da posse de uma terra que não lhes pertence. Mas já percebem que uma coisa é uma luta meritória em defesa do próprio lar, da própria vida, e outra, mais difícil, a luta pela conquista da cidade alheia, em terreno estranho. Já me chegou aos ouvidos que os campos estão cheios de cadáveres nossos que, como Polinices, não recebem nem sagração nem sepultura. E agora não é por determinação, mas por incapacidade tua.

Ó pátria de meus pais, terra de Tebas. Aqui vou, com humildade, orgulhosa última filha da casa de teus reis. Se alguém perguntar quem foi Antígona, que respondam: foi aquela que morreu pouco antes de Tebas. *(Sai acompanhada pelos guardas.)*

CREONTE — Ah, os que fazem predições em causa própria. Quando o mundo acaba para eles, gritam que o mundo acaba.

CORO — Ei-la que vai ligeira, por entre os arcos e as guirlandas dos festejos. Terrível é a misteriosa força do destino: percorre distâncias infinitas e atravessa muralhas para ferir aqueles que escolheu. Dele não escapa o rei, o bravo, o forte, o poderoso, porque o vai apanhar, no céu, o raio; no mar, a tempestade; na terra, a peste ou o inimigo. Mais forte do que o destino é a cegueira dos que não querem ver. Antígona assistiu se forjarem espadas em fornos camuflados. E não indagou por quê. Viu gente estranha em palácio trazendo mensagens misteriosas. E continuou tecendo o seu véu de noiva sem buscar decifrá-las. As praças ficaram mais vazias, o frio da morte atingiu muitos lares, mas a filha de Édipo só despertou do sono quando ouviu o grito de terror em sua própria porta. Olhem agora metade da população de Tebas que se embriaga e canta. A luz das fogueiras faz que não vejam nada na escuridão em volta. Nem poderiam chegar aqui gritos de dor distantes.

Entra Tirésias, conduzido por um menino.

Tirésias — Se celebram vitórias prematuras, a culpa não é minha. Só se devem usar os louros quando já estão secos. Quando verdes, seu gosto é muito amargo.

Creonte — Que é que isso significa? Pretendes me assustar?

Tirésias — Tu saberás uma e outra coisa se decifrares bem os sinais da minha arte.

Estava eu sentado no rochedo dos augúrios, no local onde costumam se reunir todas as aves, quando ouvi um barulho aterrador vindo do céu. Eram os pássaros se atacando uns aos outros em desespero, com o bico e com as garras se rasgavam as carnes mutuamente, e as vozes de todos, que em geral entendo, como se fossem humanas, tinham-se transformado numa indecifrável algaravia. Tomado de pavor fiz acender logo a pira do holocausto. Mas nenhuma chama se ergueu do sacrifício. A gordura das coxas de animal pingava sobre as brasas produzindo borrifos violentos e uma fumaça preta. O fígado explodiu soltando o fel. E os ossos descarnados apareceram mais brancos que o normal.

CREONTE — Se entendo bem, é um terrível vaticínio em tempo de vitória.

Tirésias — Descrevo-te os sinais como me foram descritos por este menino. Ele é meu guia como eu sou de tantos. O que te digo é que meus ritos falharam e foi em vão que implorei aos deuses um sinal, repetindo inutilmente a imolação. Todos sabem que és tu o culpado da doença que ataca o nosso Estado. Os oratórios dos lares e os altares dos templos foram maculados, um e todos, por pássaros e cães, que devoraram pedaços da carcaça do filho de Édipo. Os deuses não estão aceitando nossas orações e nossos sacrifícios. Nenhuma ave do céu solta um grito feliz de bom augúrio desde que provaram a gordura de um defunto. Pensa bem em tudo que te digo, meu filho. A hora do erro chega a todo ser humano. Mas quem logo a percebe e se corrige é menos tolo, menos infeliz, tem menos culpa. Não apunhala quem já não tem vida.

Perdoa o morto. Poupa o cadáver. Só desejo o teu bem, e é por teu bem que falo. Nada mais sábio que aceitar um conselho quando ele vem em nosso benefício.

CREONTE — Velho, tu e todos juntos atiram dardos contra mim como se não houvesse outro alvo no universo. E usam sobre mim, também, o anátema de todas as feitiçarias. A tribo dos videntes há muito que me usa, é uma raça que não me tem poupado. Conheço muito bem esses teus pássaros. Eles voam ao sabor de teu interesse. Sei que, se abrir meus cobres, eles voarão também de acordo com a minha vontade. Enche tua bolsa com o ouro branco de Sardes ou com o ouro das índias, se preferes. Mas nada me obrigará a dar sepultura ao traidor.

Nem que as águias de Zeus venham buscar pedaços da carniça

para horrorizar o Olimpo. Pois nenhum homem mortal, por mais putrefato que esteja, poderá infectar os deuses. Presta atenção, carcomido Tirésias, mesmo os mais espertos falham desgraçadamente quando enfrentam propósitos ignóbeis com belas palavras, inspirados pelo amor do lucro.

Tirésias — Ai de mim! Quem me dera ser um pouco mais jovem. Na minha idade já não posso ter a ambição de que me acusas.

Creonte — A idade não te livra de culpa. Há os que morrem roubando e amealhando, como se a vida fosse eterna.

Tirésias — Usas o teu poder contra indefesos. Ofendes porque não temes punições.

CREONTE — Que disse eu que não fosse verdade?

TIRÉSIAS — Que profetizo com intuitos baixos.

CREONTE — Todos sabem que a tribo dos profetas não resiste ao suborno.

TIRÉSIAS — Todos sabem que a raça dos tiranos só pensa em subornar.

CREONTE — Esqueces de que falas a teu rei?

TIRÉSIAS — Como posso esquecer, se foi ouvindo meus conselhos que tu salvaste Tebas e subiste ao trono?

CREONTE — És um adivinho hábil e te sou grato, mas preferes sempre vaticinar o mal.

TIRÉSIAS — Se é assim, me calo. Pois o que sei não te traz alegria.

CREONTE — Fala. Lembra, porém, que não negocio as minhas decisões.

TIRÉSIAS — Pois saiba então o fato que, uma vez sabido, tu amaldiçoarás, pois não poderás mais esquecer: o sol não completará muitas viagens e já estarás pagando com um ser saído de tuas próprias entranhas a vida que acabas de enterrar e o morto que não deixaste sepultar. Repete agora que eu só falo por dinheiro. Que me vingo de ti porque não fui re-compensado. Muito pouco tempo vai passar antes que gemidos de homens e mulheres comecem a se fazer ouvir em teu próprio palácio. Um tumulto de ódio vai se erguer contra ti de todos os caminhos onde passarem tuas tropas deixando mortos aos cães e aos abutres. Pois tu falas de ambição. E, no entanto, os deuses se espantam vendo como a tua aumenta dia a dia. Tua guerra continua.

Coro — A guerra terminou. Apenas se persegue o inimigo para assegurar nossa vitória. O povo se embriaga de alegria. E os butins de guerra chegam a Tebas trazendo as riquezas conquistadas.

O homem partiu, ó rei, deixando conosco suas terríveis profecias. Mas não sabemos o que temer mais em tudo o que ele diz: se os augúrios que ouviu dos deuses ou as conclusões que tirou da própria experiência. Quando o conhecemos, ele e nós ainda tínhamos os cabelos pretos, e sabemos que nunca houve mais respeitável profeta na cidade.

Respeita-o tu também, mais uma vez, te aconselhamos. Manda que a juventude de Tebas volte dessa guerra distante. Perdoa Antígona o mal que ela não fez. Quem sabe ainda há tempo para aplacar as fúrias.

CREONTE — O peso da decisão cai sobre minha cabeça, esmaga meu orgulho, mas já não tenho escolha. A guerra, que poderia ter terminado quando o inimigo abandonou o cerco ao redor de Tebas, já escapou agora ao meu controle. Fui obrigado a castigar Polinices para satisfazer alguns de meus comandos. A condenação de Antígona, sei bem, fez muitos descontentes, entre eles Hémon, meu filho e capitão de minhas tropas. Disse que não o verei mais e eu não quero mais vê-lo. Resta-me Megareu, que poderá a qualquer instante mandar-me um mensageiro anunciando a vitória definitiva sobre Argos. Aí, mais seguro do trono, poderei ser tão humano quanto queiram.

CORO — Cede agora, Creonte, enquanto há tempo.

CREONTE — Agora pedem que ceda. Mas antes estavam todos a meu lado, enquanto tinham a certeza de que o cristal, o bronze e o mármore de Argos seriam todos nossos. Quando isso parecia fácil, a guerra parecia justa.

CORO — A campanha foi longa demais e começamos a pagar diante de ti teus próprios erros. Até que começaste a agir conosco com mais crueldade do que com o inimigo.

CREONTE — Percebo que a fala pueril de uma menina minou a todos.

CORO — Ela tinha todo o direito de tratar Polinices como tratou. Era irmão dela.

CREONTE — O chefe do Estado tinha todo o direito de tratar como tratou o traidor.

CORO — O direito de respeitar os mortos é mais sagrado.

CREONTE — A guerra criou um direito novo. E vós mesmos o sancionáreis.

CORO — Quanto tempo nosso direito novo privará Tebas da paz entre seus filhos?

CREONTE — Apenas o tempo de vencermos Argos.

Entra Mensageiro, quase morto.

MENSAGEIRO — Senhor, um golpe terrível. Perdoa-me que eu seja um mensageiro da desgraça. Teu exército está completamente destroçado dentro de Argos, batido em fuga ou aprisionado. Teu filho Megareu está lá, morto, atravessado por uma flecha fatal, mas é apenas um corpo a mais, entre as centenas de corpos abandonados no campo de batalha. Só lutam até o fim os que não têm a coragem de fugir.

CREONTE — Megareu, meu pobre filho.

MENSAGEIRO — Foi um golpe infeliz do novo capitão. Assim que Hémon partiu, depois de lhe entregar o comando, Megareu reuniu todas as tropas para um outro assalto, embora muitas vozes discordassem e nenhum soldado estivesse em condições de luta. Era evidente sua intenção de tentar a vitória num ataque audacioso que o colocasse à altura de teu outro filho. O ardor com que partiu, a lucidez dos comandos e a segurança de que estava possuído deram a todos, por algumas horas, a certeza de que, enfim, o inimigo estava derrotado.

Mas, pouco a pouco, a cidade devastada foi-se erguendo traiçoeiramente contra nós, se transformando em tumba para os nossos. Os que escaparam vêm aí, em todos os caminhos, feridos, sangrando, mutilados, perseguidos sem dó pelo inimigo. Corri uma noite e um dia para pedir-te que mandes cobertura, ou os nossos serão massacrados até o último homem.

CREONTE — Que cobertura, se me resta apenas minha guarda? Que proteção, se Megareu está morto?

CORO — Tens que salvar os vivos. Corre.

CREONTE — Para onde? Que faço? Já não sei.

CORO — Esqueces que tens outro filho, maior comandante do que Megareu? Vai a ele e entrega-lhe o comando.

CREONTE — Ele não aceitará, depois de tudo.

CORO — Hémon conhece bem o seu dever. Vai, filho de Meneceus, enquanto há tempo. Liberta a jovem do seu túmulo de pedra, enterra o morto em campa piedosa e põe nas mãos de Hémon a salvação de Tebas. É o que nos resta.

CREONTE — Hémon, filho querido, agora que teu irmão já não existe, a dor de sua perda me traz o terror de te perder. Mas vamos travar juntos nossa guerra vã contra o destino. Venham comigo todos e tragam machados. Não deixem que meu coração fraqueje vendo a destruição que causei por não reconhecer que havia leis antes de mim. *(Sai com criados e guardas.)*

CORO — Ó tu que tens mil nomes, predileto de Zeus Tonitruante, Baco, glorioso filho e protetor de Tebas, manda apagar as fogueiras desse festejo prematuro, pois a fumaça do luto já sobe de nossas chaminés. O inimigo não estava morto como diziam arautos levianos; apenas beijava a terra maternal pedindo-lhe novas forças. Não fugira como cantava a precipitação dos nossos chefes; procurando abrigo na floresta, fizera de cada árvore um terrível aliado. Não se entregara, como comunicava a empáfia da proclamação geral. Quando vimos, tinha entregado apenas velhos e feridos, bocas que tínhamos que alimentar ou trucidar, enquanto eles ficavam mais embaraçados para a luta.

E, agora, os que cantavam choram. Os que poderiam ter concedido uma paz honrosa e humana já não têm voz nem direito de implorar a paz e aprendem mais uma vez a verdade cansada: toda espada tem dois gumes. Nossas sete portas são agora sete terríveis ameaças. Mas as fúrias ainda não parecem satisfeitas e mandam à frente do exército de Argos um inimigo ainda pior: a peste. Ó dono das vozes negras da noite, envia depressa a luz da aurora, pois, se ela demora, ninguém mais lhe saberá dizer onde é que existiu Tebas. Que Hémon consiga reagrupar nossas tropas em fuga é tudo o que nos resta de esperança.

E já vivemos bastante para saber quão terrível é uma cidade depender de um homem.

Entra Mensageiro.

CORO — Que notícias, mensageiro?

MENSAGEIRO — Nenhuma que eu possa transmitir sem horror. Habitantes das casas de Anfion e Cádamo, não há posição que o homem atinja em sua vida mortal que se deva invejar ou lastimar. Não se diga que um homem é isto ou que não foi aquilo, que é perverso ou bom, sábio ou estulto, antes que a morte chegue e com ela o balanço final de toda a vida. A fortuna eleva e a fortuna humilha dia a dia, faz felizes e infelizes hora a hora. Foi apenas há um momento que Creonte salvou esta terra da desgraça: vestiu com justiça a toga do juiz, empunhou com propriedade o certo do monarca. Reinou, um breve instante, pai glorioso de filhos principescos. Um giro só da roda da fortuna, e eis que perdeu tudo. Pois no estado em que está já não o conto entre os vivos.

Coro — Que nova desgraça pretende anunciar com tão terrível prólogo?

MENSAGEIRO — Hémon morreu. E não foram mãos estranhas que o mataram.

CORIFEU — Só podem ter sido então as mãos do rei.

MENSAGEIRO — Hémon matou-se com suas próprias mãos, enlouquecido pelo crime do pai.

CORIFEU — Ó amargo Tirésias, adivinho fatal! Tu prevês a desgraça ou a provocas?

Entra Eurídice.

CORIFEU — Cala-te agora, que vem aí a infeliz Eurídice, mulher de Creonte, mãe de Hémon. Pode ser apenas coincidência ou já terá chegado a seus ouvidos o rumor da maré do infortúnio que nos cerca.

EURÍDICE — Gente de Tebas, amigos desta casa, quando me dirigia para o altar de Palas, ouvi algumas das palavras que pronunciaram. O som do ferrolho, no momento em que eu abria a porta, impediu-me de perceber com exatidão o alcance da nova desventura. Mas já enfraquecida pela morte recente de meu filho Megareu, não resisti ao terror de mais uma desgraça e caí sem alento nos braços das escravas. Agora estou mais calma e imploro que me contem sem crueldade mas com precisão a amplitude do mal que me pertence.

MENSAGEIRO — Senhora, lhe dou testemunho do que vi e prometo não deixar nada sem ser dito. Por mais que doa a verdade, dói menos que a mentira, pois dói uma só vez. Guiei Creonte até a região deserta em que jazia Polinices, ou os restos podres e dilacerados daquilo que ainda ontem sorria com esse nome. Rezamos à deusa dos caminhos e pedimos a Plutão que contivesse sua ira. Lavamos o corpo com água consagrada e, juntando aqui e ali alguns gravetos, respeitosamente incineramos os restos do morto e seus poucos pertences. As cinzas foram, enfim, dadas à terra e sobre elas fizemos um túmulo modesto. Partimos então em direção da câmara nupcial de Antígona, onde a donzela esperava a morte emparedada viva. Alguém que ia na frente ouviu um gemido de homem partindo da masmorra e veio, apavorado, avisar o nosso rei. Quando nos aproximamos, o clamor saído das pedras se tornou ainda mais confuso enquanto o rei, desesperado, gemia e gaguejava angustiado: "Desgraçado de mim! Mil vezes desgraçado se o que pressinto for verdade. Essa é a voz do meu filho ou os deuses enganam meus ouvidos. Depressa, servidores fiéis, entrem depressa! Se alguém passou vocês também podem passar." Afastando um pouco mais a pedra da entrada, penetramos acompanhados do rei, que parecia louco. E, na parte mais profunda do sepulcro, descobrimos Antígona enforcada, num laço feito com o próprio véu. Hémon, abraçando-a pela cintura, chorava o amor perdido e invectivava o pai como assassino.

Mas Creonte, na dor do pai, ignorando a fúria do amante, perguntou aos soluços: "Meu filho, que cegueira é essa? Ficaste louco? Vem comigo, eu te imploro!" Hémon não respondeu. Olhou-o com um olhar gelado e cuspiu-lhe na cara, ao mesmo tempo que, num gesto feroz, atirava um golpe de espada contra ele.

Errando o golpe e vendo Creonte correr, apavorado, Hémon jogou todo o peso do corpo contra a espada, que o atravessou sinistramente, lado a lado. Moribundo, ainda abraça Antígona com os braços frouxos e, no espasmo da morte, lança um jato de sangue na face pálida da morta.

Morto abraçado a morto, lá ficaram.

Eurídice sai.

Corifeu — A senhora saiu sem uma palavra, boa ou má, como se a tragédia não a atingisse. Como interpretam isso?

Mensageiro — Estou também perplexo. Talvez que já tão dilacerada pela calamidade anterior esteja incapaz de sofrer mais. Ou se conteve em público para dar expansão à sua dor apenas na solidão da alcova.

CORIFEU — Que sei eu? A continência excessiva é tão excessiva quanto o desespero. Vai e procura protegê-la de si
própria.

Sai Mensageiro. Entra Creonte, acompanhado de
servos, e traz na mão a túnica e a espada de Hémon,
manchadas de sangue.

CORO — Eis o que resta de nossa grandeza.
Um velho trôpego que aperta contra
o peito dolorido as relíquias do filho
malsinado. O tirano já não tem poder.
O herói já não tem vida. Tebas é um
desespero, e o inimigo avança.

CREONTE — Olhem para mim e vejam a que
preço aprendi a ser humano.

CORO — Desgraçado de ti que aprendeste
tão caro e já tão tarde. Que não ouviste as vozes de conselho e confundiste

o teu poder com o teu direito. A todos
nos perdeste.

CREONTE — Que deuses traiçoeiros me apon-
taram os caminhos que segui e nos
quais, me perdendo, perdi minha
alegria?

Entra Mensageiro.

MENSAGEIRO — Senhor, a dor com que entras
em casa é semelhante à dor que lá
dentro te espera. A rainha morreu,
igual ao filho na morte desgraçada
— com golpes que desferiu no próprio peito.

CREONTE — Ó céus insaciáveis, cujo ódio nenhum sacrifício diminui. Eu já estava
morto e outro golpe me mata uma
segunda vez. Quantas vezes preciso
purgar os erros cometidos? Quantos
corpos dos que me cercam serão

precisos para saciar a ira divina? O meu não basta? *(Ergue o manto e a espada.)* Tebas de Sete Portas, eis tudo que resta da estirpe de Laio. Meu filho está morto e a espada com que iria deter o inimigo aqui está, manchada do seu próprio sangue. *(Só então exibe a espada.)* Não temos mais comando nem vontade. Não sei para onde olhar nem onde buscar apoio. Levem-me daqui. Para onde eu possa morrer exposto ao tempo, a fim de que meu corpo desonrado acalme, enfim, a ira dos deuses e aplaque a fúria do exército inimigo. Para que Tebas não morra comigo. *(Sai, acompanhado pelos servidores.)*

Coro — A vida é curta e um erro traz um erro. Desafiado o destino, depois tudo é destino. Só há felicidade com sabedoria, mas a sabedoria se aprende é no infortúnio. Ao fim da vida, os orgulhosos tremem e aprendem também a humildade. Já tarde Creonte se oferece em holocausto. Tebas morre com ele. O inimigo avança.

POSFÁCIO

DESOBEDECER

Amir Haddad[1]

No momento em que as cidades se organizam, o Poder Público se estabelece e o bem público se coloca ou se sobrepõe ao que possa ser seu desejo ou sua necessidade subjetiva.

Aí a grande questão se coloca:

Obedecer aos mandamentos ou ordenamentos desenvolvidos com a finalidade de manter o bem-estar e o equilíbrio de sua coletividade? Ou atender

---

1. Amir Haddad é um premiado diretor, ator e professor de teatro, doutor *honoris causa* pela Universidade Federal do Rio de Janeiro. Seu trabalho, reconhecido nacional e internacionalmente, tem como objetivo recuperar o sentido de festa do teatro e a dramaticidade das festas populares, ressaltando os aspectos de pesquisa e de educação que norteiam suas buscas pela transformação do teatro. Em 2016, dirigiu uma montagem de *Antígona*, protagonizada por Andréa Beltrão e com tradução de Millôr Fernandes.

aos, muitas vezes imperiosos, desejos, impulsos, necessidades de nossa subjetividade, mesmo quando eles se opõem àquilo que é de interesse público?

Quais limites determinam o que é público ou privado?

De que precisamos desistir para desenvolver uma cidadania de primeira classe?

O que precisaríamos manter para não perdermos nossa identidade nem ferir de morte nossa subjetividade?

O meu direito termina onde começa o do outro?

O que significa isso?

Qual limite de frustração posso suportar?

Que espaço de meus desejos devo ceder para o desejo alheio?

Como equilibrar nossa convivência e garantir um mínimo de sociabilidade?

Como eu domino, pelo convívio social, o selvagem que vive em mim? Que eu prezo, respeito e que garante minha liberdade pessoal e minha individualidade?

Quando eu posso ou devo ceder?

Questões que se colocam no plano de nossas relações pessoais, mas que também se manifestam intensamente em nossas relações sociais.

Quando eu avanço? Quando eu respeito? Quando eu divido? Quando eu peço ou me apodero do que não é meu mas eu desejo?

Qual o meu limite?

Qual o limite do grupo social onde estou inserido?

Quem resolve ou resolverá estas questões quando elas aparecerem? O Chefe, o Pajé, o Cacique, o Feiticeiro?

Deus?

A religião, o Sacerdote? O Juiz, o Magistrado, o Prefeito, o Governador?

O Estado? Constituído por todas essas possibilidades de controle e liberdades, com a finalidade de nos proporcionar bem-estar coletivo e/ou individual?

Quem organiza os afetos?

A economia, a produção de bens e valores e sua distribuição?

A que regras eu devo me sujeitar? Obedecer? E como me limitar e me satisfazer?

Como posso atender um chamado forte dentro de mim sabendo que a realização desse desejo não será bem recebida pelo mundo em que eu vivo?

E se for incontrolável?

Qual o risco, qual o perigo que posso ou devo enfrentar para desafiar as leis que determinam como devemos nos comportar em sociedade?

Antígona quer enterrar o irmão! Coisa que os seres humanos fazem e sempre fizeram com seus entes queridos mortos.

Uma lei natural que cumprimos desde nossa mais remota ancestralidade.

Mas o Estado, a Cidade, o Rei de Tebas, atendendo a interesses políticos superiores, proíbe esse ato de humana ancestralidade.

Como obedecer a ato de tamanha violência política e humana?

Como contrariar esse impulso natural tão forte implantado em nossa natureza?

É possível obedecer a uma ordem como essa?

É possível desobedecer?

O que é a obediência civil?

E, principalmente, o que é a *desobediência civil*?

O homem e sua lei natural contra o Estado e suas leis.

Quem tem razão?

A que lado atender?

Antígona é a tragédia da desobediência civil.

Este livro foi composto na tipografia Minion Pro, em corpo 12/16,5, e impresso em papel off-white no Sistema Cameron da Divisão Gráfica da Distribuidora Record.